I0734557

A
B
AUGUST
BOOKS

»Voller Nervenkitzel und Spannung, aber auch klug und menschlich. Kim Otto ist eine großartige Figur. Ich liebe sie.«

Lee Child, Autor der Jack-Reacher-Krimis

Das Buch

Die Reihe »Jagd auf Jack Reacher« geht weiter!

Die FBI Special Agents Kim Otto und Carlos Gaspar haben den Geheimauftrag erhalten, ein Dossier über Jack Reacher anzulegen. Doch die Jagd läuft nicht gut.

Wie jagt man ein Phantom? Fingerabdrücke? Armeeakten? Fehlanzeige bei Jack-Niemand-Reacher. Aber als ihnen eine geheime Nachricht mit einem Foto des Gesuchten und einem Treffpunkt zugespielt wird, sieht es schon vielversprechender aus. Endlich eine Gelegenheit, etwas über Jack zu erfahren. Oder in eine Falle zu tappen ...

Begleiten Sie die Agenten Otto und Gaspar auf ihrer Suche nach Jack zu seinen alten Freunden und neuen Feinden. Fans von Lee Child werden bekannte Tatorte wiedersehen, vertraute Gesichter und vielleicht – aber nur vielleicht – auch Reacher persönlich ...

Die Autorin

Diane Capri schreibt Krimis aus dem gleichen Grund, aus dem sie sie auch liest: Sie möchte herausfinden, was passiert, warum die Menschen tun, was sie tun, und wie man Gerechtigkeit in einer ungerechten Welt durchsetzen kann. Mit dem Schreiben begann sie nach einer erfolgreichen Karriere als Anwältin. Mit ihrer ersten Krimireihe »Hunt for Justice« hat sie es auf mehrere Bestseller-Listen geschafft. In einem Gespräch mit ihrem Autorenkollegen und Freund Lee Child entstand die Idee für ihre neue Reihe »Jagd auf Jack Reacher«. Mittlerweile erscheinen ihre Bücher in zwanzig Ländern.

Sie zieht jeden Sommer von Florida nach Michigan und liebt ihr Nomadendasein als Zugvogel. Diane freut sich über Zuschriften von ihren Lesern. Besuchen Sie sie auf dianecapri.com, um weitere Informationen zu erhalten, ihr Blog zu lesen oder einfach mit ihr in Kontakt zu treten.

Diane Capri

VERABREDUNG MIT JACK

Aus der Reihe

JAGD AUF JACK REACHER

Übersetzt von Antje Kaiser

Mit einem Reacher-Report von Lee Child

In der Reihe »Jagd auf Jack Reacher« sind bei AugustBooks bisher
auf Deutsch erschienen:

Verabredung mit Jack

Jack auf der Spur

Jack in Grün

Band 5 *Get back Jack* (Originaltitel) erscheint 2015
Band 1 *Wer ist Jack?* ist 2014 bei AmazonCrossing erschienen

Deutsche Erstveröffentlichung
2014 bei AugustBooks, Tampa, Florida, USA
© 2014 der deutschsprachigen Ausgabe: Diane Capri, LLC
Titel der Originalausgabe: »Jack in a Box«, AugustBooks, Tampa
© 2012 Diane Capri, LLC
Umschlaggestaltung: Cory Clubb
Lektorat und Satz: Judith Zimmer, Hamburg

ISBN: 978-1-940768-25-0

augustbooks.com

Für Lee Child

VORWORT

Mitunter fragen mich Leser, woher ich meine Ideen habe. Dann antworte ich meistens scherzhaft: »Ich bestelle sie bei Ideen.com.« Doch in Wahrheit weiß ich das gar nicht immer so genau. Die Ideen blitzen irgendwann auf, entfachen mein Interesse und explodieren manchmal in einen Roman oder in eine Romanreihe. Aber im Fall von *Wer ist Jack?* erinnere ich mich genau an den Moment.

Vor ein paar Jahren plauderte ich auf einer Veranstaltung mit Lee Child über seine Kult-Figur.

»Wo versteckt Reacher sich?«, wollte ich wissen.

»Reacher versteckt sich nicht«, sagte Lee – etwas pikiert vielleicht?

Lee ist viel größer als ich. Und er schreibt über Gewalt wie ein Mann mit Erfahrung. Ich habe ihn immer für einen sanftmütigen Riesen gehalten, aber … Die Sache musste etwas vorsichtiger angegangen werden.

»Ja, aber wo lebt Reacher?«

»Wo es ihm gerade gefällt«, sagte der große Mann. Irgendwie kam da ein gewisser herausfordernder Tonfall durch.

Ich trat einen Schritt zurück, außer Reichweite, bevor ich nachhakte. »Er wartet, bis der Ärger ihn findet, und dann pflastert er seinen Weg mit den Schurken. Wunderbar. Aber was macht er zwischen den Büchern?«

Lee zuckte mit den Schultern und sagte nichts.

In meiner Sturheit versuchte ich es weiter.

»Reacher hat im Laufe der Zeit eine Menge Leute umgebracht. Sechzehn Bücher. Viele Leichen. Irgendjemand sinnt doch sicher auf Rache, glaubst du nicht?«

Lee warf mir diesen typischen Reacher-Blick zu. »Welcher halbwegs vernünftige Mensch würde nach Reacher suchen? Du etwa?«

Stimmt. Nur ein todessüchtiger Idiot – oder eine FBI-Agentin, die keine Ahnung von Reachers … sagen wir, Talenten hat, würde sich auf eine so törichte Suche begeben. Und wenn sie eine Ahnung hätte, würde sie es nicht tun, wenn sie die Wahl hätte.

Aber sich intellektuell mit Jack Reacher zu messen, das wäre doch interessant, dachte ich, auch wenn es sehr wohl tödlich enden könnte. Aber wie sagt man doch? Je höher der Baum, desto schwerer sein Fall. Wer immer Reacher zu Fall bringen würde, könnte in einigen Kreisen zu einer Legende werden.

Und wenn nun eine entschlossene, ehrgeizige Frau …

KAPITEL 1

FBI Special Agent Kim Otto fielen die Augen zu. Die Lider glitten wie Schleifpapier mit 40er-Körnung über die Hornhaut und verharrten kurz, bevor sie sich kratzend wieder nach oben schoben. Wie lang saß sie schon hier? Im Keller des FBI-Hauptquartiers war es still. Das rege Treiben beschränkte sich auf die höher gelegenen Stockwerke, in denen die wichtigen Angelegenheiten geregelt wurden.

»Was übersiehst du gerade?«, fragte sie den leeren Raum, als erwartete sie eine Antwort, obwohl sie nichts dergleichen erwartete. Wenn es überhaupt irgendwas zu finden gab, hätte sie es vor langer Zeit gefunden. Doch sie konnte jetzt nicht aufgeben, also ging sie noch einmal alles in Gedanken durch.

Zunächst hatte sie nach allgemeinen Informationen gesucht. Da sie keinerlei Daten gefunden hatte, beschränkte sie sich auf die Suche nach Fingerabdrücken. Fingerabdrücke änderten sich nie, verschwanden nie, ermöglichten stets eine Identifizierung. Jeder Polizeibeamte wusste, dass ein Fingerabdruck so viel wert war wie die Aussagen von tausend Augenzeugen und oft sogar mehr brachte als DNA-Material.

Aber ebenso wie DNA-Material waren Fingerabdrücke nur dann hilfreich, wenn man sie mit bereits identifizierten Personen abgleichen konnte. Weltweit waren Polizeiakten mit nicht identifizierten Fingerabdrücken und DNA-Material gefüllt. Der erste Tagesordnungspunkt lautete, einen Beweis für die tatsächliche Identität zu finden. Sie hatte gedacht, das wäre leicht. Falsch gedacht.

Die Army musste Fingerabdrücke von Jack Reacher genommen haben, wie von jedem anderen Soldaten auch. Ein einzelner

Satz Fingerabdrücke, der vor all den Jahren gemacht worden war, in einer Zeit, bevor die Computer die Welt beherrschten, konnte vielleicht abhandengekommen sein. Oder vielleicht war er irgendwie aus Versehen vernichtet worden.

Kim glaubte das nicht.

Wichtige Militärakten waren heute Teil der Datenbanken von FBI und anderen Diensten, soviel wusste Kim. Aber Reacher war lange vor dem 11. September aus der Armee entlassen worden. Damals tauschten die Behörden ihre Informationen noch nicht so emsig aus wie heutzutage. Einige von den alten Akten, die nicht Straftäter, sondern Armeepersonal betrafen, waren in den verschiedenen Datenbanken des FBI, zu denen Kim Zugang hatte, nicht einsehbar, ohne dass sie das Aufsehen erregen würde, das sie lieber nicht erregen wollte.

Ihr Plan war, die Militärakten als Letztes durchzusehen, da sie die ältesten waren. Ihr buchhalterisches Wissen ließ sie die neueren Informationen zuerst unter die Lupe nehmen, nach dem Prinzip »First in – last out«.

Reacher war nicht irgendein einfacher Soldat, der eingezogen und, nachdem er eine kurze Zeit gedient hatte, wieder ausgemustert worden war. Er hatte dreizehn Jahre im Dienste seines Landes gestanden, einschließlich seiner letzten Aufgabe bei der Militärpolizei. Als Angehöriger der Militärpolizei mussten seine Fingerabdrücke regelmäßig benutzt worden sein, um sie von denen zu unterscheiden, die Zeugen und Verdächtige an Tatorten hinterlassen hatten.

Kim hätte zumindest ein paar Exemplare der Reacher-Fingerabdrücke in den Datenbanken des FBI finden müssen. Hatte sie aber nicht.

Nicht, dass sie wirklich erwartet hatte, irgendwelche relevanten Informationen zu finden; auch wenn sie die Hoffnung nicht ganz aufgegeben hatte. Ihr realistischer Plan war, nur ihre Vermutung zu bestätigen, dass in den FBI-Akten nichts über Reacher zu finden war. Anschließend konnten sie und Gaspar den nächsten Schritt unternehmen und Befragungen von Opfern, Zeugen, beteiligten Journalisten und Informanten durchführen. Immer unter der Voraussetzung, dass sie die irgendwo auftreiben konnten.

»Kaffee. Du brauchst einen Koffeinschub«, sagte Kim laut.

Sie stand auf, mit geschlossenen Augen, um das Kratzen auf der Hornhaut zu vermeiden, dehnte sich wie eine Katze und machte dann den »Herabschauenden Hund«, um ihre steifen Muskeln zu lockern. Sie hörte nur ihren eigenen Atem. Sie dehnte noch einmal ihren Nacken und die Schultern, bevor sie auf der Suche nach einem kräftigen Kaffee, dem Nektar der Götter, Richtung Aufzug ging.

Kim drückte auf die Aufzugtaste und machte noch eine Reihe von Dehnübungen, während sie wartete. Das Signal über der Aufzugtür zeigte hoch, runter, hoch, runter – der Aufzug hielt immer wieder in den oberen Etagen. Der Keller hatte unterste Priorität, wie Kim erkennen konnte, während die anderen Stopps durch wichtiges Treiben in Anspruch genommen wurden. Kaffee gab es zu dieser Zeit sicher nur in den geschäftigsten Bereichen des Gebäudes – in denen sie nicht gesehen werden wollte. Trotzdem … Sie seufzte, zuckte mit den Schultern und ging zur Treppe.

Als sie im Erdgeschoss ankam, vibrierte ihr privates Handy. Sie sah auf die Nummer, bevor sie das Gespräch annahm.

»Guten Morgen, Dad. Du bist ja früh auf.«

FBI Special Agent Carlos Gaspar hatte früh aufbrechen wollen, noch bevor der vertrauliche Umschlag eingetroffen war, in dem sich nichts außer dem offiziellen Foto von Major Jack-Niemand-Reacher befand. Auf der Rückseite waren Zeitpunkt und Ort für ein Treffen vermerkt.

Hatte Reacher das Treffen geplant? Oder jemand anderes, der wollte, dass Otto und Gaspar dort auftauchten? In beiden Fällen lautete die eigentliche Frage: Warum?

Auf dem Umschlag und dem Inhalt war nichts, was man hätte zurückverfolgen können. Er machte den Zustelldienst ausfindig, erhielt aber keine weiteren Angaben. Eine Menge Leute konnte sich dieses Foto beschafft haben. Er hatte immerhin genau so eines schon mal bekommen, als er den Auftrag für das Dossier über Reacher erhalten hatte.

Ort und Zeit des Treffens waren zwar etwas ungewöhnlich, aber nicht beunruhigend. Die National Gallery of Art, das Ostgebäude an der Pennsylvania Avenue. Heute Abend um zehn Uhr. Dann würde es dunkel sein, aber nicht menschenleer. Das Kunstmuseum war eines dieser modernen verwinkelten Gebäude voller dunkler Ecken, die sich für geheime Aktivitäten hervorragend eigneten. Aber keine schlechte Gegend – es sei denn, man hatte etwas gegen Politiker, und mit denen war die ganze Stadt verseucht.

Er hatte versucht, Otto anzurufen, aber ihr Flugzeug war schon in der Luft und flog gerade direkt in ein frühwinterliches Unwetter. Sie verabscheute das Fliegen schon unter idealen Bedingungen – jetzt stand sie wegen des Unwetters und ihres

Auftrags sicher zu sehr unter Strom, um logisch zu denken; selbst wenn er sie erreichen würde. Sie konnten heute Abend reden. In Washington, D. C.

Fünfzig Minuten vor der geplanten Abreise war seine Tasche gepackt und im Kofferraum des Crown Vic verstaut. Er hatte seinen Anzug von Banana Republic angezogen. Gaspar warf noch eine Schmerztablette ein, machte es sich auf der Chaiselongue gemütlich und beobachtete seine jüngste Tochter durch die verspiegelte Sonnenbrille, die Miamis Wintersonne kaum und die Hitze überhaupt nicht reflektierte.

Angela hatte heute ihren fünften Geburtstag und das bedeutete, dass fünf kichernde Mädchen sein Haus die Nacht über erobert hatten. Das war eine der Regeln seiner Frau. Keine Übernachtungen bis sie fünf waren, dann fünf Mädchen zu ihrem fünften Geburtstag, sechs im folgenden Jahr und so weiter. Seine Älteste wurde in ein paar Monaten dreizehn; bei dem Gedanken breitete sich Gänsehaut auf seinen Armen aus – und zwar nicht nur, weil dreizehn Teenager in seinem kleinen Haus für ohrenbetäubenden Lärm sorgen würden.

Dreizehn war ein gefährliches Alter. Rebellion. Unabhängigkeit. Sex. Er konnte sich noch sehr deutlich an sich und seine Kumpel im Alter von dreizehn erinnern. Die Aussicht, seine Erstgeborenen in dieses Universum zu schicken, bereitete ihm entsetzliche Angst, aber er ließ es sich nicht anmerken. Er zuckte mit den Schultern. Die Zeit ließ sich nicht anhalten. Es war, wie es war.

Gaspar spürte, wie ihm die Augen zufielen, und öffnete sie rasch wieder. Ja, er war müde, aber das war nichts Neues. Seit seiner Verletzung war Erschöpfung ein ständiger Begleiter. Er schlief kaum mehr als eine Stunde, bis ihn der hämmernde Schmerz in der rechten Körperseite aufweckte. Er war zu einem Power-Nap-Experten geworden und holte so den fehlenden Schlaf nach, aber er spürte, dass seine Sinne abstumpften und seine Reaktionszeit sich verlangsamt hatte. Die verheilte Wunde, wo eine Kugel seinen Bauch versengt hatte, fühlte sich an wie ein brennender Ausschlag und erinnerte ihn daran, stets wachsam zu bleiben. Und daran, wie dankbar er war, die furchtlose Otto als Partnerin an seiner Seite und einen handfesten Auftrag zu haben. Und welch verdammt großes Glück er hatte, am Leben zu sein und die Geburtstage seiner Töchter mitzuerleben.

Greller Lärm übertönte diese Gedanken. Fünf Mädchen planschten im Pool hinten im Garten herum, kreischten, schrien, spritzten. Hier wurde eindeutig gegen irgendwelche Vorschriften bezüglich zulässiger Dezibelgrenzwerte für die Wohngegenden in Miami verstoßen. Er hatte die Kinder bereits gebeten, leiser zu sein, und sie hatten es auch befolgt, aber nach vielleicht fünf dezenten Sekunden brach der Spaß lauter als zuvor wieder aus. Ob Impulskontrolle dem Alter entsprach? Würden sich die leisen Sekunden auf sechs und dann sieben ausdehnen? Würde es noch fünf weitere Jahre dauern, bis er zehn Sekunden Ruhe vor seiner jüngsten Tochter genießen konnte?

Er hatte viele lebensbedrohliche Situationen überlebt, aber das Vatersein machte ihm mehr Angst als alles andere. Vier Töchter hatte er schon, und seine Frau war mit einem Sohn schwanger. Oberste Priorität war daher, die Sicherheit seiner Familie zu bewahren.

Vor seiner Verletzung hatte er nie über solche Dinge nachgedacht, hatte sich nie Sorgen gemacht, dass er versagen könnte, nie über die Folgen spekuliert. Maria hatte die Mädchen mühelos im Griff gehabt und er war abends hereingeschneit, um Nasen zu zählen und vorm Schlafengehen noch eine Umarmung abzustauben. Gaspar strotzte damals vor Zuversicht. Vier Kinder hatten nicht so überwältigend gewirkt. Er hatte sich nicht eingeengt, sondern umgeben von Geschöpfen gefühlt, die er mehr als alles andere liebte.

Das war jetzt anders. Ein fünftes Kind zu diesem Zeitpunkt machte ihm Angst. Ein Junge. Jungen brauchten gefestigte Vorbilder, einen starken Vater, wie sein eigener es gewesen war, aber Gaspars Körper weigerte sich, die eingeforderte Leistung zu erbringen, und er konnte kaum Schritt halten.

Wie würde Maria mit den Mädchen und einem Neugeborenen zurechtkommen, während er an der Reacher-Akte arbeitete, durch das ganze Land reiste und nur zu Stippvisiten nach Hause kam, nicht wusste, wie viel Zeit dieser Auftrag in Anspruch nehmen würde, und gleichzeitig Sorge hatte, dass die Arbeit allzu schnell beendet wäre.

Er zuckte erneut mit den Schultern – dieses Mal, ohne zu merken, dass er sich bewegt hatte. Es war, wie es war.

Wie Otto sagte: Es gab nur eine Möglichkeit. Er würde tun, was er tun musste.

Männer arbeiteten. Ehemänner arbeiteten. Väter arbeiteten.

Er musste arbeiten.

Sie brauchten das Geld.

Noch zwanzig Jahre lagen vor ihm. So einfach war das.

Aber er hatte eine große Lebensversicherung abgeschlossen. Für alle Fälle.

KAPITEL 3

FBI Special Agent Kim Otto machte übers Wochenende einen kurzen Abstecher nach Wisconsin, da ihre Großmutter Louisa Otto im Sterben lag. Was angesichts ihres Alters nicht verwunderlich war. Die moderne Medizin hatte ihr über Herzrhythmusstörungen, Osteoporose, kleine Herzinfarkte und zweimal über Krebs hinweggeholfen. Dieses Mal hatte sie erneut einen Herzinfarkt erlitten.

Kim bezweifelte, dass Grandma Louisa wirklich sterben würde. Überhaupt irgendwann sterben würde. Pure deutsche Dickköpfigkeit hatte sie über einhundertzwei Jahre lang am Leben erhalten. Kim nahm an, dass sie den Dickkopf von Louisa geerbt hatte.

Aber falls der Tod doch eintreten sollte, wollte Kim ihn nicht miterleben. Leichen in Särgen, Beerdigungen oder Gedenkgottesdiensten trösteten sie in keinerlei Weise und so mied sie solche Ereignisse, wann immer es möglich war. Abschied nehmen? Humbug.

»Nur Gott weiß, wie lange sie noch durchhält, Kim«, hatte ihr Vater gesagt, der wahrscheinlich Kims mangelnde Begeisterung für diese Kurzreise bemerkte.

»Fährt Mom auch hin?«, fragte Kim. Ihr Magen spielte ohnehin schon verrückt, auch ohne die Aussicht darauf, Schiedsrichter für die Partie zwischen Grandma Louisa und Sen Li zu spielen. Kim holte eine Magentablette aus ihrer Tasche und schob sie sich unter die Zunge.

»Wir waren die ganze Woche dort. Montag fahren wir wieder hin«, antwortete ihr Vater verhalten. »Flieg einfach nach

Frankenmuth, Schatz. Verabschiede dich, solange du kannst. Du wirst froh sein, es getan zu haben.«

Auf welchem Planeten lebt er?

Aber ihr Vater bat sie selten um etwas. Sen Li hatte ihren Kindern von klein auf eingebläut: Wenn es nur eine Möglichkeit gibt, ist es die richtige Möglichkeit.

Also machte sie sich auf den Weg.

Für alle Fälle.

Kim hatte einen frühen Flug genommen, um einem Rückzieher vorzubeugen. Ihrem Leben zwei Flüge hinzuzufügen, war nie ihre erste Wahl, aber allzu oft war es ihre einzige Möglichkeit.

Wie durch ein Wunder stürzte das Flugzeug nicht ab und sie schaffte es heil bis nach Madison. Das Frankenmuth Otto Regional Hospital lag etwa zwanzig Meilen vom Flughafen entfernt. Sie hatte einen Rückflug nach Washington, D. C. um zwei Uhr nachmittags gebucht und – so Gott wollte – würde um halb sechs am Reagan National Airport ankommen. Jede Menge Zeit um sich um die Dinge zu kümmern, die sie zu erledigen hatte, bevor sie sich am Sonntag mit Gaspar traf. Rein und wieder raus. Das war ihr Plan.

Das könnte funktionieren, dachte sie – zumindest bis zu dem Moment, in dem das Taxi sie vor dem Haupteingang des Krankenhauses absetzte und ihre innere Antwort einmal mehr lautete: *Auf welchem Planeten lebst du?*

Wenn ihre Familie im Spiel war, lief nie irgendetwas nach Plan. Dad hatte gesagt, dass er und seine fünf Geschwister permanent am Krankenbett von Grandma Louisa, die seit Jahrzehnten Witwe war, Wache hielten. Die Schlange von Ottos – allesamt blond und riesengroß –, die sich vom Eingang aus um das Gebäude schlängelte, hätte Kim nicht überraschen dürfen.

In Frankenmuth, Wisconsin war es Mitte November unangenehm kalt. Männer, Frauen und Kinder gleichermaßen trugen Jeans, Stiefel und Pullover unter ihren Mänteln, Mützen und Handschuhen. Praktische, bequeme Kleidung. Kleidung, die Kim gern trug, wenn sie nicht für die Arbeit angezogen war. Schließlich war sie im Inneren auch deutsch und riesengroß.

Kims Vater war der Einzige, der von der Familienfarm in Wisconsin abhandengekommen war, nachdem er quasi unter vorgehaltener Waffe ins benachbarte Michigan gereist war, weil seine Eltern sich geweigert hatten, seine schwangere vietnamesische Frau willkommen zu heißen.

Diese Ottos dienten ihrer Gemeinde als Farmer, Ladenbesitzer, Lehrer, Krankenschwestern und Soldaten, und einige wenige, wie Kim, waren auf die eine oder andere Weise Gesetzeshüter. Heute standen die Cousins und Cousinen Schlange, weil sie während der Woche arbeiteten und der Sonntag dem Kirchgang vorbehalten war.

Kim bezahlte den Taxifahrer und nickte ihren Cousins und Cousinen zu, als sie am Ende der Schlange ihren Platz einnahm. Das Zittern begann sofort. Ihr Anzug war als Schutzschild gegen den Wind von Wisconsin zu dünn. Sie stellte den Kragen auf, steckte die Hände in die Taschen und trat von einem Fuß auf den anderen, um etwas Körperwärme zu produzieren. Diese Taktik ging nicht auf. Schon bald hatte der schneebedeckte Beton seine Eiseskälte durch ihre Schuhsohlen hinauf geschickt.

Irgendwann erreichte Kim dann das Wartezimmer im Gebäude, das vom Otto-Clan eingenommen worden war. Sie hatte es nicht eilig, Louisas Krankenbett zu erreichen. Sie trat aus der Schlange heraus und stellte sich in eine Ecke neben die wärmenden Lüftungsschlitze.

Kim sog die Wärme durch all ihre Poren auf, während der widerliche Zitrusduft des Luftreinigers ihre Nebenhöhlen angriff und einen stechenden Schmerz am Ansatz ihrer schmalen Nase verursachte.

Ihr war zu kalt, als dass sie zu Smalltalk aufgelegt gewesen wäre, aber es wurde sowieso nicht viel gesprochen, und schon gar nicht mit ihr. Das war auch gut so. Sie fühlte sich inmitten ihrer blonden, blauäugigen und hünenhaften Cousins und Cousinen wie ein Fisch auf dem Trockenen – und das seit jeher. Die normalgroßen Ottos waren nicht älter als acht und deren kommunikative Fähigkeiten beschränkten sich wahrscheinlich auf altersentsprechende Computerspiele. Unter normalen

Umständen unterhielten sich die Ottos schon kaum mit ihr und es gab keinen Grund, dies jetzt zu ändern. Kim zuckte mit den Schultern.

Als Kind hatte sie sich oft gefragt, was für ein Gefühl es wohl wäre, in dieser großen, warmherzigen Familie willkommen zu sein. Und schon vor langer Zeit war ihr klar geworden, dass sie dieses Gefühl nie erleben würde. Jede Familie brauchte ihre Herde schwarzer Schafe. Sie war eine Michigan-Otto, aus der Sicht der Wisconsin-Ottos also quasi außerehelich geboren. Punkt. Ende der Durchsage. Sie zuckte erneut mit den Schultern. Es war, wie es war.

Leises Gemurmel unterbrach Kims Gedanken und lenkte ihren Blick auf den Eingang. In einer A-Klasse-Ausgehuniform der Army, mit Orden und allem, mit der Mütze in der Hand, hatte ein weiterer Otto den Wartebereich betreten. Nur ein Otto mit diesem Rang diente zurzeit in der Army und nur ein Otto würde den Wartenden den Respekt abnötigen, der sich nahezu greifbar im Raum ausbreitete.

Kim hatte ihn vor dem heutigen Tag vielleicht dreimal gesehen, und nie in Uniform, aber sie erkannte Captain Lothar Otto sofort.

Er war der Inbegriff eines Goldjungen und hatte das unverwechselbare Otto-Gesicht mit den buschigen Augenbrauen und dem, was Kims Vater eine hohe, intelligente Stirn nannte, auch bekannt als sich rasch ausbreitende Geheimratsecken. Er war wie alle normalen Ottos in Frankenmuth aufgewachsen, hatte eine Ausbildung an der U.S. Military Academy in West Point genossen und dann in der Army gedient und in deren Kriegen gekämpft. Sie hatte gehört, dass er vor zwei Jahren verwundet worden war, aber heute sah er ziemlich fit aus.

Die Ottos waren von Natur aus nicht sehr überschwänglich und so konnte Kim beobachten, wie Lothar die obligatorische Begrüßungsrunde mit einem anscheinend ebensolchen Unbehagen hinter sich brachte, wie sie es empfunden hätte. Die Männer gaben ihm die Hand oder salutierten respektvoll, die Frauen nickten und lächelten oder salutierten, die Kinder blieben auf Abstand und salutierten.

Lothars Identität bestätigte sich, als er so nahe kam, dass Kim sein Namensschild lesen konnte, aber er nickte ihr nur knapp zu, ohne innezuhalten oder zu sehen, ob sie seinen Gruß erwiderte. Es machte ihr nichts aus; sie war im Smalltalk nicht besser, als der Rest ihrer Familie. Sie salutierte nicht.

Als Kim sich ausreichend aufgewärmt hatte und ihre Zehen wieder spürte, bemerkte sie, wie spät es schon war. Sie musste tun, was es zu tun galt, um dann in Madison ihren Flug zurück nach Washington zu nehmen.

Doch die unendliche Schlange von Ottos wand sich ungebrochen bis hin zum Zimmer von Grandma Louisa. Als sie es nicht mehr länger aufschieben konnte, reihte sich Kim wieder in den Familien-Pfad ein – mit dem Gefühl, als warte an dessen Ende die Guillotine auf sie. Der stechende Schmerz zwischen den Augen ließ die Aussicht auf den Verlust ihres Kopfes fast willkommen erscheinen.

Kim schlurfte mit einer Geschwindigkeit von einem halben Meter pro Minute in der Schlange mit und verringerte so die Distanz regelmäßig mit jedem Verwandten, der einzeln ins Krankenzimmer ging und exakt sechzig Sekunden später wieder herauskam, ohne dass ihm Tränen über die Wangen strömten oder er in eine Handvoll zerknüllter feuchter Taschentücher schluchzte. Die fehlende Hysterie beruhigte Kim, die unerbittliche Vorwärtsbewegung nicht.

Grandma Louisa hatte nie bei irgendjemandem offenkundige Zuneigung hervorgerufen und Kim fragte sich, wie sie damit zurechtkam, dass ihre stoische Nachkommenschaft so gefasst blieb. Glaubte Grandma, dass niemand sie lieb hatte? Oder war sie selbst lieblos? Dieses Mysterium hatte Kim einen Großteil ihres Lebens verfolgt. War sie es, die von Anfang an nichts für Grandma empfand? Oder hatte sie als kleines Kind mitbekommen, dass Grandma Louisa nichts für sie empfand und sich als Folge vor dieser Teilnahmslosigkeit geschützt?

Kim seufzte und knetete ihren verspannten Nacken. Wieder kam ihr der Gedanke, dass zum Glück Sen Li nicht hier war. Mom hätte wie immer ein Drama daraus gemacht, wie kaltherzig die Otto-Familie doch war, und Kim hatte nicht die geringste Lust, zusätzlich zu allem anderen auch noch solche Szenen ertragen zu müssen. An den genauen Grund ihres letzten Streits konnte sich Kim gerade nicht erinnern. All das war jetzt nicht mehr wichtig. Die alte Dame verließ sie nun. Was auch immer die Ursache für ihre Probleme war, jetzt war es an der Zeit, sie beiseitezuschieben und nach vorn zu schauen.

Ein leises Flüstern summte unter den Cousins und Cousinen – zu leise, als dass Kim etwas verstehen konnte. Sie war sich sicher, dass es in den Gesprächen um Ernte, Kinder, Kirche und die Pläne für Thanksgiving ging. Nichts, worüber sie sich gern und ungezwungen mit diesen fast fremden Leuten unterhalten würde, selbst wenn sie versucht hätten, sie einzubeziehen, was sie nicht taten. Und was ihr auch egal war. Sie war bald fort und Grandma Louisa auch.

Zu schnell betrat der Otto vor ihr das Zimmer von Grandma. Die Tür schloss sich leise hinter ihm. Kim war als Nächste dran und sie hatte keine Ahnung, was sie sagen sollte. Sie hatte Grandma Louisa seit zehn Jahren nicht gesehen und das letzte Zusammentreffen hatte – wie die meisten ihrer Begegnungen – übel geendet. Grandma Louisa konnte Sen Li nicht verzeihen, dass sie Albert der Familie entrissen hatte. Dieser Groll bezog sich auch auf Alberts Töchter, da sie ihrer Mutter ähnelten. Kim hatte schon vor Jahren akzeptiert, dass sie nie das große, blonde und deutsche Äußere der Ottos haben würde, aber Grandma Louisa reichte es nicht, dass Kim innerlich so unerschütterlich war wie der Rest der Otto-Familie.

Rasch ging die Tür wieder auf, der Cousin kam heraus, schaute Kim in die Augen und sagte: »Du bist dran. Viel Glück.«

Kim überlegte, ob es nun wohl zu spät wäre, wegzurennen, aber sie machte sich so groß, wie eine ein Meter zweiundfünfzig große und fünfundvierzig Kilo schwere US-Asiatin sich eben machen kann, straffte die Schultern und trat über die Schwelle, wobei sie doch noch nach einem Fluchtweg Ausschau hielt, allerdings keinen entdeckte. Jemand schubste die Tür zu, die sich dann schmatzend hinter ihr zuzog.

Das Bett von Grandma Louisa nahm fast das ganze Zimmer ein. Ein Sauerstoffschlauch steckte in ihrer Nase, aber sonst hatte sie sich kein bisschen verändert, seit Kim sie das letzte Mal gesehen hatte. Sie trug eine rosafarbene Bettjacke aus Brokat, ihre grauen Haare waren wie üblich toupiert und gelackt und die Hände lagen gefaltet in ihrem Schoß, um die Ringe und manikürten Fingernägel besser zur Geltung zu bringen. Sie trug Ohrringe mit Perlen und Saphiren, dazu eine doppelte Perlenkette um ihren ziemlich dicken Hals. Malvenfarbener Lippenstift betonte die noch immer vollen Lippen. Rouge gab ihren Wangen eine frische Farbe. Eine stilvolle Brille ließ ihre blauen Augen kugelgroß erscheinen.

Louisa Otto, Matriarchin der Frankenmuth-Ottos, hielt Hof, wie sie es immer getan hatte, als wäre sie nicht nur der Kopf einer ansehnlichen und bedeutenden Sippe von Farmern, sondern Kaiserin Augusta persönlich.

Wer auch immer die Tür geschlossen hatte, gab Kim nun einen kleinen Stoß in ihren schmalen Rücken und schob sie so näher ans Bett heran.

»Kimmy«, sagte Louisa, bevor sie mit einer starken Klaue Kims Hand ergriff und diese in einer großen Faust fest umschloss. Raue Schwielen in Louisas Handfläche machten sich kratzend auf Kims Haut bemerkbar.

Vielleicht war Grandma Louisa dem Tode nahe, aber sie schien viel lebendiger, als man Kim hatte weismachen wollen.

»Du siehst großartig aus«, sagte Kim mit einem Räuspern, während sie ihre Überraschung zu vertuschen suchte, als sie sich vorbeugte, um eine pergamentartige Wange zu küssen, die vom Lippenstift früherer Küsse übersät war.

»Ich sehe wirklich großartig aus, oder?«

Kim musste lachen. Was sollte sie darauf antworten?

Doch dazu gab Grandma Louisa ihr auch keine Gelegenheit. Zwar war Kim das Thema des letzten Streits nicht mehr präsent, doch Louisa hatte es nicht vergessen. Sie feuerte drauf los, als hätte der Streit vor zehn Minuten stattgefunden und nicht vor zehn Jahren. »Kimmy, bevor ich sterbe, möchte ich, dass du einen guten deutschen Lutheraner heiratest. Und ein Kind bekommst. Vielleicht auch zwei.«

»Dann musst du noch eine ganze Weile leben, Grandma«, erwiderte Kim und versuchte, die Verärgerung nicht durchklingen zu lassen, als die alten Gefühle wieder hochkamen. Sie hatten sich vor zehn Jahren erbittert gestritten, weil Grandma solch eine Verbindung arrangiert hatte, nachdem Kim schon heimlich geheiratet hatte, und zwar keinen deutschen Lutheraner, sondern einen vietnamesischen Immigranten. Kim war mittlerweile geschieden, aber sie weigerte sich schlicht und einfach, auf die neugierige Einmischerei der alten Tyrannin einzugehen.

»Das mache ich, wenn du es machst«, sagte Grandma Louisa ungerührt, stahläugig und kompromisslos. Sie drückte Kims Hand noch einmal fester, bevor sie sie losließ. »Jetzt, bevor du Wisconsin wieder verlässt, wäre ein guter Zeitpunkt, um gutes Ehemann-Material zu finden. Ich habe ein paar Kandidaten zusammengestellt, die du heute Nachmittag in meinem Haus kennenlernen kannst.«

Kim spürte die Wut von ihren nun angenehm warmen Füßen in sich aufsteigen – Wut in einem Ausmaße, das die Familie sie mit Sen Li vergleichen lassen würde, und zwar nicht zu ihrem Vorteil. Kim biss die Zähne zusammen und sagte: »Danke, ich mache mich auf den Weg.«

Sie sagte nicht, wohin.

Grandma Louisa strahlte, als hätte sie das Geschick der Kronprinzessin geregelt. »Du wirst froh sein, wenn du erst einmal versorgt bist, Kimmy. Wie deine Cousins und Cousinen.«

Zum Henker mit dieser Frau!

Kim sagte nichts. Sie schaute kurz zu den Onkeln, die zu beiden Seiten ihrer Mutter standen, aber keiner hatte den Mumm, ihren Blick zu erwidern. Sie nickte, zog ihre Hand zurück, drehte sich um und verließ das Zimmer, womit sie dem nächsten Cousin in der Schlange, der ebenfalls Single war, zu zusätzlichen dreißig Sekunden verhalf, was der ihr sicher nicht dankte.

Niemand schien zu bemerken, dass Kim das Wartezimmer verließ, den Flur entlang und durch die Vordertür aus dem

Krankenhaus hinausmarschierte, dessen Eingang die Cousins und Cousinen weiterhin füllten.

Sie stellte sich an den Taxistand und schäumte vor Wut. Leise murmelte sie passende Erwiderungen auf die Anweisungen der alten Schachtel, lautere Schimpfworte dröhnten in ihrem Kopf. Die ersten fünf Minuten bemerkte sie kaum die eisige Luft, während die Hitze ihrer Wut das Adrenalin durch ihren Körper pumpte.

Wo sind die verdammten Taxis?

Zu schnell schoss ihr die Kälte wieder in die Knochen. Sie duckte sich in ihrer Anzugjacke, stampfte mit den Füßen auf, um ihre Sohlen vom Schnee zu befreien und ihren Blutkreislauf in Gang zu halten. Hier draußen war es eiskalt. Sogar noch kälter als Grandma Louisa, falls das überhaupt möglich war.

Warum in Gottes Namen hast du keinen Mantel und Stiefel mitgenommen? Oder noch besser, warum hast du nicht einfach gesagt: Nein, Dad, ich gehe nicht. Jetzt nicht. Nie. Vergiss es.

Die Schimpftiraden wärmten die Atmosphäre um keinen einzigen Grad.

Erderwärmung, von wegen.

Kim hatte das Gefühl, ihre Augäpfel könnten einfrieren. Sie schloss die Lider und zitterte noch etwas stärker, um die Körpertemperatur steigen zu lassen. Auf keinen Fall würde sie wieder zurückgehen und im Gebäude warten, auch wenn ihre Füße am Bürgersteig festfrieren und ihre Augenlider erstarren sollten.

Sie hörte das Brummen eines Motors und öffnete die Augen in der Erwartung, ein gelbes Taxi zu sehen. Stattdessen hatte ein schwarzer Jeep vor ihr gehalten; am Lenkrad saß Captain Lothar Otto. Er ließ das Fenster auf der Beifahrerseite herunter und sagte: »Ich fahre zum Flughafen. Kann ich dich irgendwo absetzen?«

Kim verschwendete keine Körperwärme durch Zögern. Sie sprang auf den Beifahrersitz und streckte ihre verfrorenen Hände sofort zum warmen Gebläse aus.

»Frontier Airlines?«, sagte sie.

»Aha, Nonstopp-Flug? Dann hast du wohl keine Flugangst.«

Da sie nicht antwortete, sagte er: »Aus dem fliegenden Flugzeug zu springen ist viel schwieriger.« Immer noch keine Antwort. Er atmete tief durch. »Also dann, auf zum Dane County Airport, Frontier-Terminal.« Lothar lenkte das schwere Gefährt gekonnt durch schneebedeckte Straßen und Orte, die auf den frühen Winter nicht vorbereitet waren.

Nachdem sie sich ausreichend aufgewärmt hatte, um in einem normalen Abstand von dem Heizungsgebläse zu sitzen, schaute Lothar zu ihr herüber und fragte: »Hat sie dich auch damit zugetextet, dass du heiraten und Kinder bekommen sollst, bevor sie stirbt?«

Kim nickte. Sie kannte diesen Mann nicht. Sie hatte nicht vor, ihr Privatleben mit ihm zu besprechen, egal wie sauer sie war.

Er grinste. »Das macht sie mit mir auch jedes Mal.«

»Wirklich? Ich dachte, ich wäre die Einzige, die sie diesem endlosen Spott aussetzt.«

Lothar lachte – solch ein tiefes, herzhaftes Lachen, das nur aufrichtiger Heiterkeit entspringen konnte und das ansteckend war. »Seit wann bist du etwas Besonderes?«

Kim lächelte und fühlte sich schon besser, fast so, als hätte sie zum ersten Mal in ihrem Leben einen Verbündeten in der Otto-Familie gefunden, auch wenn sie wusste, dass dieses Gefühl vollkommen idiotisch war. Die Erleichterung hielt etwa zwanzig Sekunden an, bis der Jeep auf einer verdeckten Eisschicht ins Rutschen geriet und sie sich an den Armlehnen festklammern musste, um nicht im Sitz hin- und hergeschleudert zu werden. Sie zog ihren Gurt fester an.

Der Verkehr schleppte sich dahin und sie kamen nur langsam voran. Einige Fahrzeuge, die für diese Bedingungen weniger geeignet waren, rutschten auf dem überschneiten Glatteis hin und her. Schon zweimal hatten sie gerade noch einen Auffahrunfall vermeiden können. Schneepflüge und Streuwagen verstopften die Straßen, aber die Fahrer warteten bereitwillig, während die Retter ihre Arbeit verrichteten.

Lothar konzentrierte sich auf das Fahren, doch er muss ihre Angst gespürt haben, denn er sagte: »Die Flugzeuge starten hier dauernd bei solchen Bedingungen. Sie enteisen alles. Zwei- oder dreimal, wenn nötig. Dir passiert nichts.«

Kims Magen schlug Rückwärtssalti und die beiden Magentabletten auf ihrer Zunge halfen kein bisschen. Zwei- oder dreimal enteisen? Im Ernst? Wussten diese Leute nicht, wie gefährlich Eis auf Flugzeugen war? Verstanden die nicht, dass zwei- oder dreimaliges Enteisen einen Absturz wahrscheinlicher machte und nicht unwahrscheinlicher? War sie denn hier nur von feindlichen Truppen umgeben?

Als sie die Haltezone am Abflugbereich der Frontier Airlines erreichten, drehte Lothar sich zu ihr um und legte die Hand auf ihren Arm. »Warte noch kurz. Ich hab etwas für dich.«

Kim wusste, dass man ihr die Verwirrung ansehen konnte. Lothar langte in seine Jacke und holte ein Foto aus der Brusttasche. Er gab es ihr.

Sie biss sich auf die Lippe, um ein heftiges Keuchen zu unterdrücken. Das offizielle Army-Foto von Major Jack Reacher. Sie drehte das Foto um und sah den Aufkleber auf der Rückseite mit der getippten Information: *Heute Abend, 22:00 Uhr. National Gallery of Art, Ostgebäude, Haupteingang.*

»Was soll das?«

»Ich folge einer Anweisung.«

»Wie meinst du das?«

»Ich erhielt die Anweisung, dir das zu übergeben.«

»Von wem?«

»Es geht darum, dass dich jemand sehen will. Derjenige wusste, dass ich dir die Nachricht überbringen konnte. Verstehst du?«

»Erklär's mir«, sagte sie, doch sie verstand bereits. Sie wollte, dass er es laut aussprach, damit sie wusste, dass sie nicht verrückt war. Denn es war verrückt zu denken, dass jemand ihren Vater dazu bringen würde, sie dazu zu bringen, nach Wisconsin zu kommen, um einen vertrauenswürdigen Cousin zu treffen, der ihr einen Treffpunkt in Washington, D.C. mitteilte, von wo aus sie heute Morgen eingeflogen war und wohin sie in dreiunddreißig Minuten zurückfliegen würde, falls sie ihren Flug überlebte.

Lothar stellte stattdessen eine Frage. »Du hast den auf dem Foto erkannt, oder? Was hast du mit dem Kerl zu tun? Ist er der

Grund dafür, dass du so wütend bist, weil Grandma Louisa sich in dein Privatleben einmischt? Du bist doch wohl nicht mit dem Typen zusammen?«

Er schien sich aufrichtig Sorgen um sie zu machen, was sie noch mehr beunruhigte als die Nachricht selbst. Niemand aus der weiteren Otto-Familie hatte sich je in ihrem ganzen Leben auch nur im Entferntesten besorgt um sie gezeigt. Warum jetzt?

»Kennst *du* ihn?«, fragte sie.

»Vom Hörensagen. Das war vor meiner Zeit. Reacher wurde 1997 entlassen. Irgendetwas war daran aber verdächtig. Seine Situation, Kim, war mit Sicherheit nicht normal. Wo immer der Typ auch auftauchte, stapelten sich die Leichen. Und ich rede nicht von normalen Verlusten im Gefecht. Niemand hat so viel Pech.«

»Was soll das heißen?«

»Ich bin Captain der U. S. Army. Wie du, Agent Otto, folge ich Anweisungen und stelle keine Fragen, ansonsten trage ich die Konsequenzen. Bis heute hatte ich kein Problem damit, weil die Army mich bisher nie angewiesen hat, so etwas Seltsames zu tun. Irgendetwas stimmt hier nicht.«

Ach was, dachte sie. »Und das wäre?«

Er zuckte resignierend mit den Schultern. »Freunde kommen und gehen im Laufe des Lebens, aber Feinde häufen sich an. Reacher hat sich eine Menge Feinde gemacht. Sei vorsichtig, Cousinchen, ansonsten wirst du nie das Alter von Grandma Louisa erreichen, egal ob du dieses vietnamesische Gen für ein langes Leben hast.«

Ein Fahrzeug hinter dem Jeep ließ seine Hupe ertönen und teilte Lothar mir, dass es schon lange an der Zeit war weiterzufahren.

Kim steckte das Foto von Reacher in ihre Jackentasche, machte die Tür auf und glitt auf den Bürgersteig hinunter.

Bevor sie sich in die Kälte aussperrte, sagte Lothar noch: »Falls du irgendwas brauchst, hier ist meine Karte. Ich fühle mich jetzt für dich verantwortlich. Sieh zu, dass die mich nicht zu deiner Beerdigung rufen.«

KAPITEL 4

In Washington, D.C. wimmelte es dieser Tage von finsteren Gestalten. Manche waren harmlos. Manche waren verrückt. Manchmal war es unmöglich, sie auseinanderzuhalten. Es war immer besser, Auseinandersetzungen aus dem Weg zu gehen, nur für den Fall.

Er stand regungslos in einem dunklen Hauseingang, ein einschüchternder Riese, und wartete. Groß und aufrecht, eine beeindruckende Gestalt. Er trug eine Jeans und braune Stiefel. Beide Hände steckten in den Taschen der Lederjacke, um sie zu wärmen. Blonde Haarsträhnen fielen über seine Ohren und auf den Kragen; sie waren sein einziger Schutz gegen die Kälte. Eine Sonnenbrille versteckte seine Augen und spiegelte den schwachen Sonnenuntergang wider wie die Pupillen einer Katze. Scheinbar mühelos wirkte er unendlich geduldig, beherrscht, selbstbewusst, wachsam und entspannt, harmlos und gefährlich zugleich.

Nur wenige Fußgänger hoben ihren Kopf in dem beißenden Novemberwind so weit an, dass sie ihn bemerkten, und diejenigen, die es taten, machten einen großen Bogen, liefen am Gehwegrand so weit wie möglich von dem Hauseingang entfernt vorbei. Nur für den Fall.

Als das Wegwerf-Handy vibrierte, holte er es aus seiner Tasche und hielt es ans Ohr. Die Stimme einer Frau teilte nur die Fakten mit: »Nachrichten überbracht; sie sind auf dem Weg.«

Er sagte nichts.

Er ließ das Handy auf den Beton fallen, zermalmte es lässig mit der Hacke seines schweren Stiefels, hob die größten Teile auf, verteilte die kleineren auf dem Boden und ging ohne Eile in

Richtung Pennsylvania Avenue, wobei er den Rest in verschie-
dene Mülleimer entlang des Weges warf.

KAPITEL 5

Agent Carlos Gaspar zeigte am Eingang des Pentagon seine Dienstmarke vor, wies sich aus und nachdem sein Status als genehmigter Besucher bestätigt wurde, winkte man ihn durch.

Wie erwartet, herrschte in dem Gebäude reges Treiben, obwohl es fünf Uhr an einem Samstagnachmittag war. Gaspar hatte im Flugzeug eine Stunde geschlafen; Paracetamol, das stärkste Schmerzmittel, das er sich zugestand, hielt nie länger an. Nachdem er den Sicherheitscheck passiert hatte, holte er sich erst mal einen Kaffee.

Niemand kannte ihn hier, aber sowohl die zivilen wie auch die militärischen Angestellten hatten Dringenderes zu tun, als ihn zu beachten. Er hatte den Sicherheitscheck hinter sich, also ignorierten sie ihn und akzeptierten wahrscheinlich, dass seine Sicherheitsfreigabe hoch genug war. Und das war sie auch.

Er schaute auf die Digitaluhr an der Wand. Noch zwei Stunden, bis er Otto im Café treffen würde. Jede Menge Zeit.

Der erste Schritt bei jeder Folgeermittlung bestand darin, alle früheren Berichte durchzusehen und zu analysieren. Da Otto und Gaspar ihren Auftrag von einem der einflussreichsten FBI-Bosse erhalten hatten und das Projekt zügig und unter dem Radar durchgeführt werden sollte, war dieser Schritt noch nicht vollständig erledigt worden.

Er wusste, wohin er ging, wonach er suchen musste und was er dort finden müsste.

Er wusste auch, dass er es nicht finden würde. Das Fehlen der Informationen, die dort sein müssten, würde Bände sprechen.

Archivierte Personalakten, genauer gesagt, die Akten der

Veteranen, die vor zweiundsechzig Jahren oder mehr aus dem aktiven Dienst ausgeschieden waren, wurden in dem neuen NPRC, dem National Personnel Records Center in St. Louis, Missouri aufbewahrt und waren für die Öffentlichkeit einsehbar. Dort würde nichts über Reacher zu finden sein, da er im März 1997 entlassen worden war.

Alle Personalakten von Veteranen, deren Entlassung weniger als zweiundsechzig Jahre zurücklag, blieben im Besitz des Verteidigungsministeriums und seiner verschiedenen Abteilungen. In Reachers Fall war das die Army.

Gaspar war praktizierender Katholik. Er glaubte an die göttliche Vorsehung. Zuerst schien es ihm, als sei er auf dem richtigen ermittlungstechnischen Pfad und er könnte finden, was er suchte. Ein Feuer hatte 1973 in dem früheren Archiv in St. Louis die Personalakten vernichtet, aber damals war Reacher erst dreizehn Jahre alt gewesen.

Doch dann stieß Gaspar auf mehrere offizielle Lücken, die Reachers Geschichte wirkungsvoller verschleierten, als es seine Jugend oder ein Feuer vermochte.

Die Army hatte erst im Jahr 2002 begonnen, die Akten elektronisch zu speichern, also fünf Jahre nach Reachers Ausscheiden. Das bedeutete, dass seine Akten von der Army nicht in elektronischer Form aufbewahrt wurden und auch nicht elektronisch an das NPRC in St. Louis übermittelt worden waren.

Noch schlimmer war, dass die Vorschriften der Army über die Verwahrung und Herausgabe von Personalakten im April 1997 und mehrere Male danach geändert worden waren. Die Vorschriften füllten über fünfundfünfzig Seiten, die natürlich in regelmäßigen Abständen überarbeitet wurden.

Das alles bedeutete, dass Reachers Akte damals und bis heute nur in Papierversion vorhanden und wahrscheinlich so tief in irgendwelchen Aktenschränken der Army vergraben war, dass sie nie jemand finden würde.

Es sei denn …

Es sei denn, Reacher hatte etwas getan, das ihn in Form von Bits und Bytes in den elektronischen Akten verewigte, nachdem er die Army verlassen hatte.

Und Gaspar wettete darauf, dass Reachers so etwas getan hatte. Wahrscheinlich sogar mehrmals. Mit Sicherheit zumindest einmal, knapp sechs Monate nach seiner Entlassung aus der Army. Wenn Gaspar diese Akte finden könnte, hätte er einen eindeutigen Beweis und möglicherweise würden sich Reachers Spuren dann entwirren lassen.

Gaspar wusste, dass Reacher in Margrave, Georgia, verhaftet worden war und dass man seine Fingerabdrücke genommen und ins FBI-Hauptquartier geschickt hatte. Ein Bericht war an das Margrave Police Department geschickt worden, doch die Akten in Margrave waren ebenfalls in einem Feuer zerstört worden, was Gaspar eindeutig nicht als Zufall einstufte.

Dennoch, die ursprüngliche Anforderung der Fingerabdrücke müsste auch in den Akten des FBI zu finden sein. Gaspar hatte das überprüft. Die Anfrage existierte beim FBI nicht. Gaspar war sicher — auch wenn er das nicht beweisen konnte —, dass auch dies kein Zufall war.

Hier könnte sich die Arbeitsweise der Behörden, alle Vorgänge doppelt und dreifach zu dokumentieren, auszahlen, hoffte Gaspar. Die Anfrage des Police Departments in Margrave und die Antwort des FBI hätten auch in Reachers Militärakte festgehalten werden müssen, wie jede Anfrage und Antwort Reacher betreffend zu jedem Zeitpunkt vom Datum seiner Entlassung bis zum heutigen Tag und in Zukunft festgehalten werden müssten. Alles nach 2002 musste elektronisch festgehalten worden sein. Und alles vor 1997 könnte aufgrund der späteren elektronischen Einträge auch aktualisiert worden sein.

Diese Unterlagen der Army suchte Gaspar jetzt. Eindeutige und rechtskräftige Unterlagen, die bewiesen, dass Jack Reacher sechs Monate nach seiner Entlassung im September 1997 in Margrave gewesen war. Kein Schatten. Kein Geist. Kein Gerücht. Sondern eine real existierende Person.

Handfeste Beweise für Reachers Anwesenheit in Margrave waren wichtig, weil sie die unerschütterliche, solide Grundlage schafften, die Gaspar brauchte. Seine Ausbildung sagte ihm, sie waren nötig, und seine Intuition sagte ihm, sie waren wichtig, und das reichte ihm. Er und Otto hatten den Auftrag, ein aktuelles Dossier über Reacher zu erstellen, und – bei Gott – das würde er, und wenn er es irgendwie einrichten könnte, würde er seine Frau dabei nicht zur Witwe und seine fünf Kinder nicht zu Waisen machen.

Doch der Reihe nach. Zuerst die Anfrage des Police Departments von Margrave nach den Fingerabdrücken und die Antwort der Army.

Dann würden sie die nächsten Schritte unternehmen.

Wie immer diese Schritte auch aussehen mochten.

Und wenn die Anfrage und die Antwort darauf in den Army-Akten fehlten?

Hier und jetzt würde er es herausfinden, so oder so.

Gaspar war praktizierender Katholik. Er glaubte an die göttliche Vorsehung. Aber er war auch Special Agent des FBI, der an konkrete Beweise und seine Intuition glaubte. Er wusste es also. Er wusste es, noch bevor er den Karton mit der Aufschrift Jack-Niemand-Reacher öffnete und den Papierkram durchwühlte.

Die Akte endete mit Reachers Entlassung aus der Army im März 1997.

Nachdem Gaspar das nun endgültig nachgewiesen hatte, konnten er und Otto ihre Ermittlungen fortsetzen. Aber wo?

KAPITEL 6

Eine Stunde vor dem geplanten Treffen traten Otto und Gaspar aus dem Café gegenüber von dem J.-Edgar-Hoover-Gebäude hinaus in den milden Abend. Das ungemütlich kalte Wetter war mit dem Tageslicht verschwunden. Dunkelheit hatte sich schon vor einiger Zeit über die Stadt gesenkt, aber Straßenlaternen, Scheinwerfer und Flutlichter verhinderten jegliche Finsternis. Die Bäume waren zum Teil in Herbsttracht gekleidet, das Gras war noch grün und ein paar Blumen blühten noch. Es war windstill.

Nach Wisconsin empfand Kim das Abendwetter als angenehm warm. Gaspar fröstelte nach Miami vielleicht ein bisschen. Beide waren wegen der bevorstehenden Begegnung unter Spannung. Vielleicht kamen sie jetzt endlich einmal voran.

Das Treiben auf der Pennsylvania Avenue North West am Samstagabend war verhalten. Der Verkehr bewegte sich mit der vorgeschriebenen Geschwindigkeit oder auch langsamer vorwärts. Paare und kleine Gruppen tummelten sich auf den Gehwegen, schlenderten in diskretem Abstand zu den anderen dahin. Nichts Ungewöhnliches war zu bemerken.

Gaspar streckte sich wie eine Katze, fragte: »Gehen wir zu Fuß?«, und machte sich auf in Richtung Osten, noch bevor sie überhaupt antworten konnte.

Kim ging die Optionen durch. Die Metro-Station an der 7th Street lag nicht auf ihrem Weg, auf ein Taxi zu warten, lohnte sich nicht, sie nahm auf keinen Fall den Bus, Gaspar humpelte nicht und ein Spaziergang half ihr vor einem Einsatz immer, ihre Gedanken sortieren.

»Ist wahrscheinlich das Einfachste, wenn es für dich okay ist«, sagte Kim und beschleunigte, um zu ihm aufzuholen und mit seinen langen Schritten mitzuhalten.

So näherten sie sich dem Ostgebäude der National Gallery of Art zum ersten Mal so, wie ganz normale Touristen es getan hätten, indem sie vom FBI-Hauptgebäude aus nicht mal eine Meile die Pennsylvania Avenue entlanglatschten, dann in die 4th Street North West abbogen und dort auf dem Gehweg gegenüber von dem Ostgebäude weiterliefen.

Kim hatte sich bei einer schnellen Onlinerecherche auf dem Rückflug von Madison über das Gebäude informiert. Es war 1978 eröffnet und von I. M. Pei entworfen worden, was zweifellos der Grund für seine unregelmäßige Form war und wohl auch erklärte, warum es 1981 den Ehrenpreis des American Institute of Architects erhalten hatte.

Das Gebäude beherbergte moderne Kunst, Forschungszentren und Büroräume. Es war umgeben von Bäumen, einem zweieinhalb Hektar großen Park mit zeitgenössischen Skulpturen und Grünflächen auf drei Seiten.

Obwohl es durch einen Tunnel mit dem traditionelleren Westgebäude verbunden war, in dem sich der Haupteingang zum Museum befand, konnte das Publikum das Ostgebäude auch durch eine riesige Glastür an der 4th Street betreten.

Schon bevor sie in die 4th Street abgebogen waren, hatten sie am Eingang des Ostgebäudes eine Schlange von Taxis und Limousinen gesehen. Kim schaute im Vorbeigehen in die Eingangshalle. Sie schien bis zur maximalen Kapazität gefüllt zu sein. Männer in Smokings, Frauen in langen Roben und kurzen Röcken, Kellner mit Tabletts voller Canapés und Schampus, ein Streichquartett, das in der vorderen Ecke spielte. Kein Laut von der Party drang zu Kims Ohren vor.

»Irgendeine Wohltätigkeitsgala?«, fragte sie und sah dann die Wimpel auf einigen der Limousinen. »Diplomaten vielleicht?«

An der Ecke 4th Street und Madison Drive überquerten sie die 4th Street, kehrten um und gingen nun auf dem Gehweg direkt vor dem Ostgebäude zurück. Die Grünfläche war beleuchtet, aber immer noch zu dunkel, um sie ohne Hunde und Taser zu betreten. Sie blieben auf dem Gehweg, bis sie wieder die andere Straßenecke erreichten, genauer gesagt Ecke 4th Street und Constitution Avenue.

Gaspars Blick scannte die gesamte Umgebung. »Drei dunkle Kapuzentypen auf drei Uhr«, sagte er. »Auf der Südseite, zwischen den Glaspyramiden. Guck mal rüber, wenn wir das nächste Mal vorbeigehen.«

»Reacher?«

Er schüttelte den Kopf. »Zu klein.«

»Hast du die Skulpturen und all diese schmalen, offenen Flächen um das Gebäude herum gesehen?«, fragte sie. Sorge bereitete ihr die Vielzahl der tiefen Schattenbereiche, die sich gut für Angriffe aus dem Hinterhalt eigneten. Ein schneller Tod war leicht vorstellbar und in diesen dunklen Ecken konnten Leichen ziemlich lange herumliegen, bevor sie von irgendjemandem bemerkt wurden.

Gaspar schien ihre Sorge zu hören. »Auch wenn wirklich er das hier geplant haben sollte …«

»Glaubst du, er war es nicht?«

Er schüttelte den Kopf. »Ist doch nicht Reachers Stil, oder? Bei dem, was wir bisher über ihn wissen? Er würde uns ohne Umschweife angreifen, wenn er uns umlegen wollte.«

Kim's Atem stockte. »Warum finde ich das nicht gerade beruhigend?«, sagte sie, als sie wieder reden konnte.

Gaspar lachte. »Falls er das alles geplant hat. Falls. Und falls er es getan hat, dann ist das hier ein Test.«

»Was für ein Test?«

Gaspar zuckte mit den Schultern. »Keine Ahnung. Er will sehen, was wir machen. Ob wir allein kommen oder eine Armee mitbringen. Wie lange wir warten. Was wir sagen. Meine Kinder nennen das Psycho-Attacke.«

Kim sagte nichts, stimmte ihm aber zu, jedenfalls zum Teil. Wenn sie erwartet hätte, Reacher hier heute Abend in der Dunkelheit zu finden, dann hätte sie Verstärkung mitgebracht. Aber sie glaubte dennoch, dass Reacher diese Begegnung geplant hatte. Was genau hatte er vor?

KAPITEL 7

Als sie das zweite Mal an dem Gebäude vorbeigingen, hatten die Limousinen begonnen, ihre Diplomaten einzusammeln und abzufahren. Sie fuhren nacheinander vor, ganz ordentlich, denn die Fahrer wussten, was sich gehörte. Die Glastür ging jeweils kurz auf, Musik und Partygeplapper drang nach draußen.

Kim sah die drei Kapuzentypen, die Gaspar entdeckt hatte, zwischen zwei der Glaspyramiden stehen. Sie trugen dunkle Jeans, dunkle Turnschuhe und hatten die Hände in die Taschen gesteckt, zappelten etwas herum, wirkten aber sonst nicht bedrohlich. Es war nicht zu erkennen, ob es sich um Frauen oder Männer handelte. Abgesehen davon, dass es zu warm für Kapuzenpullover war, entdeckte Kim nichts Beunruhigendes an ihnen. Bis jetzt.

Als sie dann das dritte Mal vorbeigingen, waren die meisten Gäste und alle Limousinen fort. Im Inneren baute das Streicherquartett seine Ausrüstung ab. Taxis fuhren nacheinander vor und warteten auf Gäste. Der Geräuschpegel war gesunken.

Kim schaute auf ihre Seiko-Uhr. Es war zehn Minuten nach dem vereinbarten Zeitpunkt. Wonach suchten sie? Worauf warteten sie? Sie hatte keine Ahnung und sie nahm an, dass Gaspar ebenso ahnungslos war.

War Reacher hier? Beobachtete er sie? Kim hatte nach ihm Ausschau gehalten, hatte aber nichts entdeckt, was einem Riesen, der sie beschattete, ähnelte.

Beim vierten Gang entlang des Gebäudes bemerkte Kim eine Frau, die auf der anderen Straßenseite im Schatten der größten Pyramide stand – mit Blick in Richtung der Taxischlange vor dem Haupteingang, in Richtung von Kim und Gaspar und in

Richtung der drei Kapuzentypen, auch wenn die Sicht auf diese durch die große Glaspyramide verdeckt war, die zwischen
ihnen stand.

KAPITEL 8

Die Frau trug ein knöchellanges schwarzes Cape und silberne Party-Schuhe mit Acht-Zentimeter-Absätzen, die unter dem Saum herausragten. Die Kapuze des Capes war über ihren Kopf gezogen und verdeckte ihr Gesicht. Sie war zierlich, mittelgroß. Mehr konnte Kim von der Frau nicht erkennen.

Kim fasste kurz an ihre Waffe, die sicher in Reichweite war, bevor sie Gaspars Arm berührte. Er nickte. Zusammen gingen sie in den Schatten auf die Frau zu. Trotz des einstündigen Marsches humpelte er kaum.

»Nicht näher«, sagte die Frau. »Ich kann Sie von dort verstehen.«

Sie blieben stehen. Kim schätzte ab, wie schnell sie die Entfernung überwinden könnte. Etwas schneller als ihre Gegnerin, da sie durch diese Pfennigabsätze gehandicapt war.

»Was wollen Sie?«, fragte die Frau.

»Das wissen Sie bereits«, antwortete Kim und stellte dann ihre eigene Frage: »Wer sind Sie?«

Die Frau lächelte kurz, als hätte sie die Gegenfrage erwartet, wie bei einem geplanten Geplänkel. »Susan Duffy, Drogenvollzugsbehörde, Abteilung Houston. Warum machen Sie Jagd auf Reacher?«

»Wir sammeln Informationen über ihn.« Kim zögerte einige Sekunden, um zu sehen, ob die Frau das Schweigen brechen würde. Sie tat es nicht. »Warum wollen Sie das wissen?«

Susan Duffy brach die Regeln; sie antwortete nicht auf die Frage. »Was für Informationen?«

»Alles, einschließlich seiner Unterhosengröße und der Marke seiner Kondome. Was immer wir brauchen, um eine Akte über ihn anzulegen«, sagte Gaspar.

Susan Duffy – sofern das ihr Name war – lachte.

Kim war vage bewusst, dass sich die Zahl der aufbrechenden Gala-Gäste von ein paar Hundert auf ein paar Dutzend und dann auf wenige Paare verringert hatte, sodass die Leute nur noch paarweise vom Eingang zu den warteten Taxis gingen.

»Was wissen Sie über Reacher?«, wollte Gaspar wissen.

Duffy war das Spiel vielleicht leid geworden. Sie gab einfach nur die Nachricht weiter, die sie zu übermitteln hatte. »Sie verschwenden Ihre Zeit, wenn Sie in den offiziellen Akten suchen. Sie werden jede Menge über die Zeit vor März 1997 finden, aber das ist alles Unsinn, den Reacher selbst angefertigt hat. Danach werden Sie nichts mehr finden, das mit Reacher zu tun hat.«

»Warum nicht?«

Duffys Gesichtsausdruck war nicht zu deuten. »Reacher hat Freunde an hohen und weniger hohen Stellen.«

»Freunde, die seine Verbrechen vertuscht haben, meinen Sie?«

Duffys Tonfall wurde unfreundlicher. »Freunde wie mich. Freunde, die merken, dass Sie unsere Akten durcheinanderbringen und nie etwas finden. Sie werden nicht wollen, dass das noch einmal passiert. Nicht jeder ist so verständnisvoll wie ich.«

»Woher wissen Sie«, wollte Gaspar wissen, »dass aus jeder Akte alles gelöscht wurde, was sich auf Reacher bezieht?«

Duffy schob langsam ihre Kapuze ein Stück zurück, offenbarte kurze blonde Haare, kleine, eng anliegende Ohren und riesige Smaragdohrringe. Als sie antwortete, legte ein wenig Freundlichkeit in ihre Stimme. »Suchen Sie ruhig weiter, wenn Sie nichts Besseres zu tun haben. Ihre Akte über Reacher wird dünn bleiben. Ihr Auftrag wird scheitern. Sie werden nie eine aktuelle Akte über Reacher anlegen können. Und sie werden einige Leute verärgern. Aber was soll's, wenn Sie Ihre Karriere wegwerfen wollen, werde ich mich Ihnen nicht in den Weg stellen.«

Kim sah einem der letzten Partypaare auf dem Weg zum Bordstein hinterher, während sie diese Information sacken ließ.

Beide, der Mann und die Frau, waren schon älter und etwas wackelig auf den Beinen. Beschwipst vielleicht.

Sie wusste nicht, wie sie sich angesichts von Duffys Auftreten fühlen sollte. Herausgefordert? Sollte sie versuchen, Duffy das Gegenteil zu beweisen? Oder erleichtert? Weil sie sich jetzt auf etwas anderes konzentrieren konnte?

»Wissen Sie, wo Reacher ist?«, fragte sie.

Nach einem kurzen Augenblick schüttelte Duffy den Kopf. »Sie werden ihn nicht finden, wenn er nicht gefunden werden will.«

Gaspars Ungeduld loderte auf. »Wir werden ihn finden. Wir haben Osama bin Laden gefunden und der war um einiges einflussreicher als Jack Reacher.«

Duffy lächelte wieder. »Ja, wir haben bin Laden gefunden. Nachdem wir ihn zehn Jahre gesucht hatten. Ja, wir haben ihn gekriegt. Nachdem das SEAL-Team 6 dafür gesorgt hat.« Sie hielt kurz inne. »Aber wir haben ihn nicht lebend erwischt. Wenn Sie zehn Jahre Zeit und ein SEAL-Team haben, dann schaffen Sie es vielleicht, Reacher zu töten, aber lebend werden Sie ihn nur bekommen, wenn er es will.« Sie zuckte mit den Schultern. »Aber klar, warum nicht?«

Kim atmete tief durch. »Was also schlagen Sie vor?«

»Sie könnten aufgeben.«

Gaspar kicherte. »Sie kennen Otto nicht.«

Die Stimmung schien zu kippen, so als hätte Duffy erledigt, was sie zu erledigen hatte. Sie nickte kaum merklich, bevor sie die Kapuze wieder über ihre glänzenden blonden Haare zog und die Hände in die Taschen steckte. Ihre zierliche Gestalt verschmolz fast mit der Dunkelheit und wurde zu einem einzigen Schatten.

»Wie Sie wollen.« Ihre körperlose Stimme schien zu laut widerzuhallen. Sie sprach leiser: »Aber eines sollten Sie wissen: Sie riskieren alles, wenn Sie weiter suchen. *Alles*. Und Reacher riskiert nichts, während er wartet. Das klingt für mich nicht nach einem gewinnträchtigen Unterfangen. Für Sie?«

Bevor Kim antworten konnte, hörte sie hinter sich einen lauten, dumpfen Knall. Sie drehte sich um und sah die drei Kapuzenträger hinter den Pyramiden hervorspringen.

Die Bewegungen der Kapuzenträger glichen einer Choreographie, als hätten sie sie einstudiert oder zuvor schon oft durchgeführt. Einer rammte den distinguierten befrackten Mann, der dadurch kurzzeitig das Gleichgewicht verlor. »Hey«, rief er, bevor er wieder auf beiden wackligen Beinen stand.

Im gleichen Augenblick blieb der zweite Kapuzenträger stehen, hob den Arm und hielt der alten Frau eine Glock direkt vor die Brust. Die Frau wurde grün im Gesicht, als ob sie sich an Ort und Stelle übergeben könnte, und fing an zu zittern.

Der dritte Kapuzenträger schubste den befrackten Mann und rief: »Hast du irgendwas zu sagen?«

Der Mann stolperte und fiel auf seine linke Seite. Ein lautes Krachen, gefolgt von einem fast tierischen Aufschrei des Mannes, ließ auf gebrochene Knochen schließen – wenn nicht mehr.

Otto zog ihre Waffe, zielte auf den Massenmittelpunkt des ersten Kapuzenträgers und rief: »FBI!«

Gleichzeitig drehte sich Gaspar auf seinem gesunden linken Bein herum, stürzte auf den bewaffneten Kerl zu und brachte ihn zu Boden. Die Glock rutschte den Gehweg entlang in die Dunkelheit, auf Duffy zu. Der Mann prallte mit der Schläfe auf dem Beton auf und blieb ausgestreckt und regungslos liegen, wobei sein Hals in einem unnatürlichen Winkel abgeknickt war.

Der entsetzte Gesichtsausdruck der älteren Frau hielt drei Sekunden an, bis sie schwankte, ohnmächtig wurde und mit dem Gesicht nach unten auf den Gehweg knallte und sich dabei die Nase brach. Eine Blutlache bildete sich um ihren Kopf.

Der zweite Kapuzenträger war erstarrt, hatte die Arme nach oben gestreckt, mit den Handflächen nach vorne, und sich unmissverständlich ergeben. Das Sicherheitspersonal kam mit gezogenen Waffen herbeigerannt.

In den nächsten Augenblicken hielt Otto die beiden Straßenräuber in Schach, während Gaspar sich um die Frau kümmerte.

Kim schaute kurz zu Duffy hinüber. Zum ersten Mal sah sie einen Mann allein im Schatten der Skulptur stehen. Er sah vertraut aus, aber es war zu dunkel, um sicher zu sein. Er trug Jeans, Lederjacke und Stiefel. Beide Hände steckten in den Jackentaschen. Duffy, vollkommen in das lange, schwarze Cape gehüllt, ging nah an ihm vorbei. Er neigte den Kopf, um Worte aufzuschnappen, doch Kim war zu weit entfernt, als dass sie etwas hätte verstehen können oder sich Gehör hätte verschaffen können, wenn sie ihnen etwas zugerufen hätte.

Duffy blieb keinen Moment lang stehen. Sie verschwand in der Dunkelheit des Skulpturengartens. Der große Mann schaute direkt zu Kim — gerade lang genug, dass die Erkenntnis ihr wie ein Schauer über den Rücken lief, bevor auch er verschwand.

KAPITEL 10

Leute vom Sicherheitsdienst trafen ein, forderten Verstärkung an, fixierten alle drei Kapuzenträger und übernahmen die Kontrolle. Minuten später reihten sich die Blaulichter der Einsatzwagen auf der 4th Street wie bei einer Festtagsparade hintereinander auf.

Nachdem die Straßenräuber verhaftet und der befrackte Mann mit der älteren Frau in einem Krankenwagen zum nächstgelegenen Krankenhaus abtransportiert worden waren, machte sich Gaspar in der Dunkelheit auf die Suche nach Susan Duffy. Doch er fand nur feuchte Novemberluft vor, was Kim auch nicht anders erwartet hatte.

Gaspar kam zurück, neigte den Kopf und unternahm den Versuch, sie zur Normalität zurückzubefördern, indem er leise fragte: »Und jetzt, verehrte Dragon Lady?«

»Wie Duffy sagte, verehrter Zorro, wir fangen dort an, wo Reacher aufgehört hat.«

Mit dem Blick immer starr auf den leeren Platz gerichtet, an dem Duffy gestanden hatte, fragte Gaspar: »Und das wäre wo, Susie Wong?«

Agent Otto drehte sich zur Pennsylvania Avenue um, lächelte und antwortete: »Wir legen eine Akte an, Chico, wir lesen sie nicht. Denk nach. Nur eine Möglichkeit. Seine Kumpel in der U. S. Army vor März 1997.«

REACHER-REPORT

von Lee Child
2. März 2012

… Die andere große Neuigkeit ist, dass Diane Capri, eine Freundin von mir, ein Buch geschrieben hat, das die Ereignisse aus *Größenwahn* in Margrave, Georgia aufgreift. Sie stellt ein FBI-Team vor, das herausfinden soll, wo sich Reacher heute aufhält. Diese beiden Agenten befragen zunächst Leute, die ihn kannten — angefangen mit Roscoe und Finlay. Werfen Sie mal einen Blick auf diese Rezension:

»Oh, Mann, ja! Ich liebe dieses Buch. Ich bin ein Riesenfan von Reacher. Wenn Sie nicht wissen, wer Jack ist (Wortspiel beabsichtigt!), dann begeben Sie sich in den Buchladen — oder wo immer Sie Ihren Stoff kaufen — und holen Sie sich eines der vielen Jack-Reacher-Bücher von Lee Child. Ach was, holen Sie sich alle. Lesen Sie vor allem *Größenwahn*. Dann kommen Sie zurück und lesen *Wer ist Jack?*. Dieses Buch greift die Geschichte aus der Perspektive von Kim und Gaspar auf — FBI-Agenten, die ein Dossier über Jack Reacher erstellen sollen. Das Problem ist — und das kann jeder, der weiß, wer Reacher ist, bestätigen —, dass er vollkommen unsichtbar lebt. Kein Handy, kein Haus, kein Auto … Er ist ungebunden. Eine ziemlich beängstigende Aufgabe, finden Sie nicht?

Die ersten Zeilen: ›Fakten. Und zwar nicht besonders viele. Das Dossier über Jack Reacher war zu fade und zu dünn, um glaubwürdig zu sein. Kein Mensch konnte so unsichtbar sein, wie Reacher es zu sein schien, egal ob er nun gerade auf- oder abgetaucht war. Entweder die Unterlagen waren gesäubert worden oder Reacher war der unabhängigste Paranoiker, von dem Kim Otto je gehört hatte.‹ Sofort habe ich ein Gefühl dafür, wer

Kim Otto ist, und ich bin erfreut, dass ich etwas weiß, was sie nicht weiß. Denn sehen Sie, *ich weiß,* wer Jack ist. Und *ich weiß,* dass er nicht paranoid ist. Nicht wirklich jedenfalls. Ich weiß, warum er so lebt, wie er lebt, und ich weiß, was für eine Art Mann er ist. Es war toll, Kim und Gaspar dies vorauszuhaben. Wenn Sie keinen Reacher-Roman gelesen haben, dann wird dieses Buch für Sie eine gute, solide eigenständige Story sein. Wenn Sie jedoch wissen, wer Jack ist … ja, dann werden Sie auch das Gefühl haben, dem FBI überlegen zu sein. Das ist ein tolles Gefühl!

Kim und Gaspar werden von einem geheimnisvollen Boss nach Margrave geschickt, der mich an Charlie aus *Drei Engel für Charlie* erinnert. Man sieht ihn nie, man hört ihn nur. Er verrät ihnen nie alle Fakten. Also stehen sie da mit einem riesigen Haufen Nichts. Sie werden in einen Mordfall verwickelt, der irgendwie mit Reacher zu tun hat, aber sie wissen nicht wie. Es reicht wohl der Hinweis, dass die Bemühungen, den Mörder – und Reacher – zu finden und dabei nicht selbst Kopf und Kragen zu verlieren, eine unterhaltsame Lektüre abgeben.

Mir gefällt es, wie die Autorin die ganze Story in Angriff genommen hat. Das Tempo ist tödlich (ok, noch ein beabsichtigtes Wortspiel), die Handlung voller überraschender Wendungen, wie es auch ein Reacher-Roman wäre, nur dass es eine ganz andere Sicht auf eine Reacher-Story ist. Es ist eine Annäherung an Reacher von außen nach innen.

Vielleicht fragen Sie sich: Finden sie ihn? Lernen sie den berühmt-berüchtigten Jack Reacher letzten Endes kennen?

Los … lesen Sie … finden Sie es heraus … jetzt!«

Klingt toll, oder? Es ist bereits erschienen. Überzeugen Sie sich selbst und lassen Sie mich wissen, was Sie davon halten.

Das wär's für dieses Mal. Danke noch einmal, dass Sie *The Affair* gelesen haben, und ich hoffe, Ihnen wird *A Wanted Man* im September ebenso gefallen.

Lee Child

www.ingramcontent.com/pod-product-compliance
Lightning Source LLC
Chambersburg PA
CBHW032045180726

48284CB00008B/2755